바람이
그리움을 안다면

강
원
석

시
집

바람이
그리움을 안다면

1판 1쇄 발행 | 2017년 9월 15일
1판 3쇄 발행 | 2017년 10월 13일

지 은 이 | 강원석
발 행 인 | 조규백
디 자 인 | 손송희
일 러 스 트 | 조규상

발 행 처 | 도서출판 구민사
주 소 | (07299) 서울특별시 영등포구 당산로 2길 12, 1004호
전 화 | (02) 701-7421,7422
팩 스 | (02) 3273-9642
홈 페 이 지 | www.kuhminsa.co.kr
등 록 | 제14-29호 (1980년 2월 4일)
값 | 12,000원

ⓒ 강원석 2017

I S B N | 979-11-5813-462-4 [03810]

바람이 그리움을 안다면

강원석 시집

구민사

책을 들고
가을로 나가며

파란색 하늘
노란색 들판
빨간색 단풍
그리고 하얀색 마음

문득, 가을이 오는 모양이다.
산그늘이 시원스레 짙어지면
목청껏 울어대던 매미 소리도 잦아들고
그 뜨겁던 태양빛도 맞을 만하다.

가을이 오는 걸 설레며 느낀다는 건
그만큼 마음의 여유가 생겼다는 게 아닐까.

계절의 변화조차도 잊고
치열하게 살았던 지난날들이 있었기에
오늘의 가을이 아름다운 것이다.

묵은 아픔도, 오랜 그리움도
이젠 여물고 익어서
추억의 한 부분이 되면
나는 비로소 웃으며 가을을 맞이한다.

지금 책 한 권 들고,
들국화 몰래 피어있을 어딘가로
가을을 마중 나가보면 어떨까.

고추잠자리 친구 삼아서.

2017년 가을
두 번째 시집을 내며

강원식

차례

하나. 저녁 하늘에 바람은 그림을 그리고

둘. 별이 지는 순간

셋. 바람이 그리움을 안다면

넷. 잠 못 드는 밤

다섯. 그리움은 여물고 익어서

여섯. 사랑아 사랑아

하나.

저녁 하늘에
바람은 그림을 그리고

바람에 수줍어서

보랏빛 바람이 한 자락 불어와
발그레한 양 볼에
더 짙은 꽃물을 들이면

향긋한 설레임 감추고 싶어
애기 나팔꽃 꽃잎 뒤에
숨어 버린 내 마음

바람 다시 불어와
도란도란 꽃잎을 흔들면
햇볕 한 줄기에
보일 듯 말 듯 살며시 드러나고

지나가는 먹빛 구름에
무지개 묻은 빗물이라도 날리면

마음은

바람에 수줍어서

꽃잎에 숨었다가

비에 젖어 빛나여라

꽃눈

눈이 내린다
구름 없는 하늘에
햇발 가벼운 날

하얀 꽃눈이 내린다
바람 부는 길옆에
향기 고운 하루

수천 마리
흰 나비 떼 춤을 추듯
떠나는 꽃눈이 세상을 덮는다

마음 언저리에
예쁜 그리움 하나
또 쌓였다

살구꽃

살짝
아주 살짝
바람이 불었다

조금
아주 조금
안개비 내렸다

살구꽃이
톡 떨어졌다

누구의 잘못인가
나는 그저 바라만 보았는데

사랑이 올 때

저녁노을이 내 얼굴에 포개져
바알갛게 피어났나

네 앞에 선 내 마음이 스스러워
무작정 붉어졌나

습자지에 꽃색 물감이 배듯
사방은 온통 분홍빛이 내리고

가슴은 방아를 찧어 대나
콩닥거려 가누질 못하고

눈동자는 둘 곳을 몰라
별 모양 머리핀에 동그라니 머문다

아, 이렇게 오는구나
사랑이라는 것이

새파란 풀잎 향 머금고
두근거리게 설레이게

어느 날
아무도 모르게

풀꽃이 춤출 때

풀꽃이
언제 춤추는지 아니?

바람이 불어올 때
빗물이 적셔 줄 때
햇살이 비추일 때

아니야

네가 웃으며 쳐다볼 때

아침

지난 밤
촘촘히 쳐 놓은
거미의 그물에 이슬이 걸렸다

조금씩
하늘에 닿아 가는
담쟁이덩굴에 햇살이 묻었다

부지런한
동박새 집을 지은
나뭇가지 둥지가 부산하다

풋풋한 아침을
향기로 깨우는
바람이 분다 하루가 자란다

저녁 하늘에 바람은 그림을 그리고

산머리 위로 서풍을 둘러업고
석양을 거슬러 날개를 펴는 구름의 비상

해가 지는 하늘에
바람이 붓을 들어 그림을 그린다

문득 하던 일 내려놓고
그림 앞에 서 있는 푸른 나

언제 하늘이 저처럼 고왔었나
한참을 넋 놓아 보고 있으면

쇠기러기 떼 지어 날아올라
비질하여 노을을 쓸어 담고

들녘에 눕는 산 그림자
나를 밀어 저녁으로 데려가네

그림 같은 하루는 저물어도 빛났어라

내일은 또 어떤 날을 보게 될까

오늘처럼 다시 그림이 된다면

청춘은 가난해도 행복하여라

나의 밤 너의 별

밤하늘 별들이
푸른 연못에 깨알같이 빠져든다

별을 담은 물빛이 탐스러워
한 움큼 쥐어다가 너에게 주었다

별은
하늘에서 빛나고
물 위에서 반짝이고
너의 눈 속에서 끝없이 속삭인다

아침이 와서 별이 떠나가면
붙잡고 싶은 마음 무엇으로 표하리

별이여

그대여

나의 밤을 늘려

너의 별을 다시 볼 수 있다면

나는 밤에만 살아도 좋아라

반딧불이

반딧불이가 난다
달님이 구름 속으로 방긋이 비킨다

풀숲에 반딧불이
달빛보다 빛난다

반짝여서 아름답다
작아도 더 아름답다

가을 해

가을이 오니
해는 서둘러 가려더라
논과 밭에 곡식이 익으려면 아직 멀었는데

그래도 노을은
파란 하늘 물들이니
서산에 걸친 해가 지면서도 머뭇한다

가을이 오니
해는 밝아옴이 더디더라
산과 들에 열매는 동이 터야 여무는데

그래도 바람은
새벽부터 불어주니
꾸물대던 아침 해도 구름 뚫고 떠오른다

사랑이 눈 뜰 때

내 눈에
너의 마음 보일 때

너의 눈에
내 마음 보일 때

내 눈과 너의 눈
마주 볼 때

내 마음과 너의 마음
하나 될 때

우리 사랑
꽃이 피듯 눈을 뜬다

사랑은

사랑은 밤하늘 무수한 별을
따 주지는 못해도

떨어진 작은 별 하나
주워 줄 수 있는 마음

그것이 사랑이다

사랑은 밤하늘 무수한 별을
따러 갔다가

떨어진 작은 별 하나
주워 오지 못해도
따뜻이 안아줄 수 있는 마음

그것이 사랑이다

쉼

자줏빛 흔적 남기고
라일락 향기 떠난 자리에
연노랑 감꽃은
향기 없어도 향기로워라

키 작은 살구나무에
열매 한 알 커져 가면
잎 넓은 플라타너스
파란 하늘을 품어 웃네

붉은 들장미 잔가시에
바람은 찔릴까 봐
살그머니 불고 가니

길 가는 그대여

아카시아 꽃그늘 그 아래

향기 깔고 사알짝 앉아

잠시 쉬어 가면 어떨까

둘.

별이
지는 순간

동화책에 그린 가을

햇살 한 뼘
강아지 얼굴 위에 앉으면
낮잠 속에서
깨었다가
다시 꿈꾸고

바람 한 자락
앞마당을 살짝 지나면
고추잠자리
날개 펴서
빨랫줄을 타고 노네

강아지를 깨우려나
잠자리를 잡으려나
할머니 등 위에 아가는
옹알거려 손짓하고

빨래 널던 며느리
평상에서 살포시
잠자리 날기를 기다려

쉬엄쉬엄
하루가 흐르고
파아란 하늘빛이
지붕 끝에 물들면

담장 옆
해바라기 큰 얼굴에
가을날은
맑아서 눈부시네

나무

잎이 울창한 나무
그 아래에 서 봅니다

푸르름과 시원함과
맑아지는 마음들

나무가 묻습니다
왜 거기 서 있냐고

나는 대답합니다

네가 참 고마워서

휴식

나뭇잎
한잎 두잎 그 사이로

햇살
한 조각 두 조각 내려온다

내 얼굴에
나뭇잎 하나 햇살 하나

너의 얼굴에
나뭇잎 둘 햇살 둘

바람 따라 놀다가
구름 따라 사라진다

장미에 반한

바람이 다녀간 모양이다
장미꽃 향기가
잔잔한 음률처럼 오네

그 소리를
큰 숨으로 들이켜 보면
가슴 구석구석 파고든 울림에
그만 취해 버린 내 마음

얼굴은 온통 빨갛게 꽃물 들고
손끝에는 장미 내음 짙게 배고

나는 절절하게 붉어진
한 송이 장미가 되었다

오월 愛

풀잎에 구르는 이슬방울마다
잔잔히 너울대는 햇살을 보듬고
새뜻하게 불어오는 초록 바람 따라
향기 다발 한 아름 뿌려질 때

눈동자에 담긴 파란 하늘은
가슴에 무지개 한 줌 심어 놓고
구름 타고 떠다니는 하얀 꿈들을
품안에 살며시 안겨 주느니

밝은 눈빛으로 맑은 숨결로
사랑할수록 사랑하게 되는
푸르고 또 푸른 오월에

그 속에서 나는
잎사귀 무성하게 뻗어 가는
한 그루 나무가 되어도 좋으리

꿈을 꾸어요

그대 언제 행복하세요

바라는 것을 이루었을 때
원하는 것을 가졌을 때

나는 꿈꿀 때 행복합니다

바라는 것을 이루려고 꿈꿀 때
원하는 것을 가지려고 꿈꿀 때

이루지 못해도
가지지 못해도
꿈을 꾸는 순간은 언제나 행복이지요

나는 꿈을 꿉니다
그대도 꿈을 꾸어요

행복하세요

지친 어제의 날은
두 손으로 다독여
서랍 속에 넣어 두고

오늘 하루는
기쁨 여럿 주워 모아
책장 안에 꽂아 놓고

내일은
달콤한 행복을
식탁 위에 가득 펼쳐 보아요

그대 많이 행복하세요
나는 매일 행복합니다

별을 보며

하아얀 구름이
땅 위로 내려오면 얼마나 좋을까

구름 타고 날아서
그 아이 좋아하는 별 따러
하늘 높이 올라갈 텐데

설레는 마음이
조금이라도 전해지면 얼마나 좋을까

까만 밤하늘
혼자서 별 보며
애태우지 않아도 될 텐데

새침한 그 아이도
나를 좋아하면 얼마나 좋을까

둘이서 다정히
큰 별 작은 별
밤새도록 세어 볼 텐데

다시 사랑

내 작은 눈에
네가 들어온 날

내 마음 속 넓은 곳을
너 하나가 다 채웠다

낮도 밤도
모두 유리구슬처럼 빛나고

해도 달도
전부 너의 얼굴이 되었다

꿈이라면
다시 깨어나지 말기를

영원히 잠들어도 나는 좋으니

별이 지는 순간

앞산 하늘을 날아
어둠 속으로 흐르는 별
별이 집니다

떨어지는 별을 보며
두 손 모아 소원을 비는 너

그 짧음 속 너의 소원에
언제라도 머물길 바라는 나

별이 지는 그 순간
두 마음은
한마음 되고

설레임은
눈동자에 어리어
별처럼 반짝입니다

욕심

저녁노을이 하도 예뻐
종이에 곱게 싸서 집으로 가져왔다

액자 속에 넣어 두고
오래도록 보려고

조심스레 종이를 펼치니
노을은 어느새 창밖에서 스러지고
하얀 종이만 발갛게 물들었더라

수줍음

바람이 묻는다
어디로 불까요

내가 묻는다
어디로 불고 싶나요

바람이 말한다
당신이 원하는 곳이요

내가 말한다
마음 가는 대로 불어요

바람이 그녀에게 전한다
이리로 불래요

국화차를 마시며

나무 탁자 위
투명한 유리 찻잔에
말린 국화꽃 서너 잎 떨구고
뜨거운 물 찬찬히 부으면

작은 물결에도 꽃잎은
춤추듯 움직이고
모락모락 올라오는 김 속에
가을 향이 피어난다

손으로 한 줌 움켜쥐면
그 향이 머물려나

물빛은 노랗게 우러나고
손끝에는 따스함이 스며들고
잔잔한 음악 소리에
차의 맛이 깊어지면

잊고 있었던 가을이
언젠가 잠시 왔다가
바쁘게 떠났음을
기억나게 한다

꽃도 낙엽도 다 지고
살얼음 언 소식을
열흘도 더 전에 들었으니
분명 겨울은 창밖에 와 있는데

떠나지 못한 나의 가을은
국화꽃 피어난
찻잔 속에 머물러
이제야 느릿느릿 익어간다

셋.

바람이
그리움을 안다면

바람이 그리움을 안다면

바람이 그리움을 안다면
쓸쓸한 나의 옷깃을
이처럼 흔들지는 않을 텐데

바람이 그리움을 몰라
옷깃에 묻은 슬픔까지
무심히 날려 버리네

바람이 그리움을 안다면
이 마음 꽃잎 위에 실어
그녀에게 데려갈 텐데

바람이 그리움을 몰라
웃고 있는 꽃잎만
이유 없이 떨구더라

마음 혼자서

너를 사랑한 나의 마음이
술잔에 담겼나

한 잔을 마시면
슬픈 얼굴 붉어지고
또 한 잔을 마시면
저린 가슴 두근대네

사랑으로 술 한 모금
그리움으로 안주 한 점을

마주한 이 없는 탁자에
쓰린 마음 혼자서 뒹굴고
술잔마저 오롯이 비워지면
나는 무엇으로 고독할까

그립다면

그립다면
감추지 마세요
그냥 그리워하세요

어쩔 수 없는 그리움이라
애써 참지 마세요
눈물도 흘리고 원망도 하세요

한여름 참매미도 그리움 많아
저리 울음 웁니다
마른 날 소나기도 그리움 깊어
저리 세차게 내립니다

나도 누구의 그리움이고
누구도 나의 그리움입니다
모든 것은 그리움으로 삽니다

골목길 가로등은 새벽이 그리워
밤새 어둠을 비춥니다
구름 위 초승달은 보름달이 그리워
둥글게 또 차오릅니다

그립다면, 정말 그립다면
그냥 그리워하세요
그리고 소리쳐 부르세요
끝끝내 지우지 못할 이름이라면

눈물

흐르는 물은 썩지 않는다지
그래서 눈물은
물처럼 흐르나

마음에 고여 썩지 않으려고

비 온 뒤에 땅이 굳는다지
그래서 눈물은
비처럼 내리나

내 마음 이제 단단히 굳으라고

조각

슬픔을 깎습니다

무딘 조각칼로
깎고 다듬어서

선반 위 어느 모퉁이
추억 옆에 가지런히 올려 둡니다

슬픔도 이제는
추억처럼 머물라고

그대 그리운 날

사랑하는 그대
이제 내 사랑이 아님에 슬픔이라

그대 떠나던 날
하늘 위 별은 너부시 내려 외등이 되고
흩날리는 빗물은 가슴에 어려 눈물이 되니

그대 그리운 날
외등 아래 비를 맞아도
젖은 얼굴에 눈물 고이지 않는다면

이제
내 사랑이 아니어도 그대는 별이어라

꽃차

그대 주신 꽃다발
떠나보내지 않으려고 내 곁에 말려 둔 꽃잎

마음 시린 날 꺼내어
그리움 섞고 섞어 찻잔에 우리면

꽃다발에 스몄던 연정은
다시금 깨어나 앙상한 시간을 살찌우고

가슴에 아리던 헛헛함은
찻물에 녹아 입안에서 그윽이 사라지니

아, 마른 사랑 남은 꽃잎에
향기는 왜 붉어서 이토록 슬픈가

어느 밤

달빛이 닳을까 봐
구름은 하늘을 뒤덮나
별빛이 꺼질까 봐
어둠은 더 짙게 깔리나

누구의 눈물 감추려고
귀뚜라미 서럽게 울어 대나
창백한 밤에
애잔한 꽃잎이라

아무도 오지 않는 시간의 공허
새벽은 더디게 어둠을 가르고
어느 밤 속에서 그 마음은
무엇을 찾아 헤매나

기다린다
아침노을 빛에 들려 올
풀피리 맑은 울림을

라일락 꽃

한 자락 바람이 그대 곁에 불 때
어디서 라일락 향이 날아오거든
어쩌다 바람 타고 온
스치는 꽃 냄새라 생각하지 마세요

남몰래 그리워한 내 마음이
향기 되어 그대에게 간 것입니다

한 자락 바람이 그대 곁에 불 때
어디서 라일락 꽃잎 흩날리거든
어쩌다 바람 따라 온
떨어진 꽃잎이라 생각하지 마세요

죽어도 변치 않을 내 사랑이
꽃잎 되어 그대에게 간 것입니다

독백

바람 뒤에 섰습니다
내 보고픔이 바람에 담겨
그대의 먼발치에라도 다다르지 말라고

어쩌다
생경한 쓸쓸함이 불현듯 찾아와
갈대 잎을 주억거리게 해도
그대는 모르는 척하세요

내가 다가가지 않음은
함께한 여울진 순간들만으로도
마음속 풍요함이
덧없도록 가득하기 때문입니다

떨어져 나간 달력 쪼가리를
아무리 풀칠해 붙여도
지나간 시간을 거스를 수는 없잖아요

이제는 그때의 상처도 소중할 따름이라

그대는 모르는 척 행복하세요

나는 그냥 바람 뒤에 서 있을게요

벚꽃잎

볕이 창틈으로 빼꼼히 들어왔다
봄이 얼마나 왔을까 창문을 열어보면
짧은 순간 또 어디론가 가버린다

누구 울음 울까 싶어
옅은 벚꽃잎 따라
이는 바람에 살포시 올라

더디게 왔다가 머물지 못하고 떠난 것은
봄과 꽃과 그리고
아쉬움 한 보따리 풀어 놓고 가버린 여인

봄이 봄 다울 때, 봄 속에서 그려본다
봄 따라 가버린
벚꽃잎 닮은 내 그리움

그리움을 쟁이고

내 마음 안에
그리움이라는 게 있습니다

가벼울 때 끄집어낼 것을
무거워져 내다 버리지 못하고
마음 한구석에 쟁여 둡니다

그리움이 쟁이고 쟁여서
마음속을 채워 버렸습니다
더 이상 빈자리가 없습니다

이제는 끄집어내어
버리려 들지 않아도 됩니다
생각날 때 하나씩 펼치면 되니까요

그리움은 어느 틈에
추억이 되었습니다

아침에 눈 뜰 때

아침에 눈을 뜰 때
새들이 지저귀면 좋겠습니다
그대의 소식을 일찍 전하겠지요

아침에 눈을 뜰 때
바람이 불었으면 좋겠습니다
그대의 향기가 날아서 오겠지요

아침에 눈을 뜰 때
꽃이 피었으면 좋겠습니다
그대 보듯 기뻐서 일어나겠지요

아침에 눈을 뜰 때
종소리가 울렸으면 좋겠습니다
먼 곳의 그대가 나를 기억하겠지요

아침에 눈을 뜰 때

비는 안 내리면 좋겠습니다

그리움이 젖으면 울어버릴지도 모르니까요

넷.

잠 못 드는 밤

이별이 올 때

꽃을 꺾지 마라
야속한 바람아

햇볕 쬐어 준 태양이
단비를 내려 준 구름이
뿌리를 받쳐 준 저 흙이
그리고 풀을 뽑아 준 내 손이

너를 미워할 테니

바람에 눕지 마라
가엾은 꽃이여

외로움 달래 준 나비가
어둠을 지켜 준 별들이
아침을 열어 준 저 이슬이
그리고 너를 흠모한 내 마음이

다시 사랑할 테니

떠나는 이의 마음

사랑하지 못해 울고 있는 너를
행복하지 않아 슬퍼하는 너를

아직 다가가지 못한 나인데
너의 멀어짐은 이미 내 곁에

뒤엉켜 걸었던 미로의 틀 속에서
서로의 진실을 찾지 못하고
인내는 한낱 거품이 되어
다시 타인이 되는 지금

내가 떠나 행복할 수 있다면
너를 떠나 살아갈 수 있다면
이별의 고통은
무딘 슬픔 되어 흩어지리라

밤하늘 비추는 달빛도
어둠이 싫어지면
새벽에 떠남을 아는가

한겨울 수놓던 눈송이도
추운 날이 힘들 땐
봄 따라가 비 되더라

너를 떠나 살지 못한다 해도
달처럼 눈처럼
나는 떠난다

아네모네 꽃 한 송이 고이 바치고

삶

꽃이 진다고 낙심하지 말아라
바람에 지지 않는 꽃이 어디 있으랴
또 피기에 꽃이다

별이 진다고 실망하지 말아라
새벽에 지지 않는 별은 또 어디 있으랴
어둠 속에 빛나는 게 별이다

내가 간다고 슬퍼하지 말아라
떠나지 않는 영원함이 어디 있으랴
만나고 헤어지니 삶이다

너는 울지 마라

너는 울지 마라
내가 다 울어 줄게
슬픔은 떠난 이의 몫이 아니라
남은 이의 몫일 테니

너는 아파 마라
내가 다 아파할게
고통은 주는 이의 몫이 아니라
받는 이의 몫일 테니

그래도 너라는 사람
조금은 울고 조금은 아파하겠지

그렇지 않다면
나는 무엇 때문에 울고
무엇 때문에 아파야 하나

달을 보며

달빛이 환해서
그 까만 밤에도
내 님은
홀연히 떠났다

달빛이 어두웠다면
그렇게 가지는 못했을 것을

그 님이
가버린 그날처럼
오늘 밤도
달빛이 빛난다

달빛이 어두웠다면
달 보며 이렇게
그리워하지는 않았을 것을

슬퍼하지 마세요

슬퍼하지 마세요
아픔은 누구나 있으니

거미줄에 걸려 버린 나비의
날갯짓을 보았나요
일주일을 살다 가는 매미의
울음소리를 들었나요
소낙비에 떨어지는 꽃잎의
마음을 아시나요

그래도 당신의 아픔이 더 크다면
그때는 슬퍼하세요

그 아픔 내가 어루만질게요

꽃은 피고 지고

밤바람 불어서 꽃이 진다
슬퍼하는 달님 그 아래로
산수유 꽃잎 울고 있네

봄기운 돋아나 꽃이 핀다
햇볕 고운 하늘 그 아래로
유채화 꽃봉오리 웃고 있네

꽃은 피고 지고 또 피고
그 속에서 사람들은
웃고 울고 또 웃네

오해

단지 사랑하여 다가간 것인데
꽃잎이 떨어진다

아쉬움을 참지 못해
꽃잎이 운다
바람도 운다

그대는 꽃잎이고
나는 바람인가

손톱만한 꽃잎 한 장
나풀거려 날아갈 때

그 작은 잎에 내 마음 담았으면

매화꽃 떨어질 때

모든 것이 웃는 게 아름다운데
너는 우는 모습도 아름다워라

무엇이 그토록
우는 것조차 너를 빛나게 하였는지

슬퍼야 하는 울음인데
아름다워서
그래서 더 슬프다

눈밭에 홀로 피었다가
봄바람에 떨어지는

매화꽃이여
떠나는 꽃잎이여

한없이 기다리던

그날이 이제야 왔는데

눈부신 하루

말없이 사라지는 서러움

너의 눈물이

꽃비 되어 퍼붓는다

봄날의 고뇌

봄바람에 수선화 한 송이
하늘거리는 모습을 보면은
생명은 이 얼마나 아름답나

억센 바람비에도 꿋꿋이
뿌리 뻗는 나무를 보면은
생명은 또 얼마나 강인한가

사나운 눈보라 들이쳐도
새싹은 파릇이 돋아나
경이로운 생명을 보여주니

이 순간

꽃씨 뿌린 화단에

질기게 도드라진 잡풀 하나

나의 고뇌를 아는지

너 또한 소중한 생명이라

힘들여 세상에 나왔을 텐데

내 무슨 권리로 너를 뽑아야 하나

잠 못 드는 밤

해가 저문 산등성이에
달빛이 앉으면
바람은 낮게 불어
보리밭을 서성이고

소슬한 그리움은
밤이 와도 떠나지 못해
불빛 흐린 작은 방을
어지러이 맴도네

나지막한 풀벌레 소리
찬 공기에 묻혀 울고
달무리도 시나브로
구름 사이로 사라지면

그리움은 졸음 속에서
이제는 떠나려는데
난데없는 외로움은
어쩌자고 밀려오나

적요한 어두움
짙게 드리워도
밤 별들은 지붕 위에
쏟아질 듯 무성한데

그대 향한 그리움인지
까닭 모를 외로움인지
알 수 없는 이 마음만
켜켜이 쌓여간다

꽃과 별의 전설

남자는 별이 되고 싶었다

해가 뜨면 너무 밝아서
그녀가 찾지 못할까 봐
그냥 꽃이 되었다

여자는 꽃이 되고 싶었다

밤이 오면 너무 어두워서
그가 찾지 못할까 봐
그냥 별이 되었다

그렇게 남자와 여자는
꽃이 되고 별이 되었다
너무 아끼고 사랑한 나머지
하나가 되지 못하고

낮에는 꽃이 피고
밤에는 별이 빛난다

사람들은
낮에는 꽃을 보며 사랑하고
밤에는 별을 보며 사랑한다

사랑하는 이들의 마음속에는
낮에도 별이 빛나고
밤에도 꽃이 핀다

사람들 속에서
남자와 여자는 서로를 바라보며
영원히 사랑하게 되었다

다시 이별

오늘 그녀의 사진을 다 지웠습니다
사랑도 아픔도 원망도
그리움까지도 모두 다

먼 훗날 기억마저도 흐려질 때
지나온 시간들을 정리하며 보려고
지우지 못한 사진들

사진 속의 우리는
이별이 아니고 언제나 사랑이었기에
슬픔은 그 어디에도 없습니다

사진을 보면 마치 착각 속에 빠져
아직도 사랑하고 있는 것 같은
어처구니없는 상상들로 가득하기에

이제는 그녀를 보내고
내 마음도 놓아주려고

오늘 그녀의 사진을 다 지웠습니다
사랑도 아픔도 원망도
그리움까지도 모두 다

이제 다시는 이별하지 않으려고
이제 다시는 사랑하지 않으려고

다섯.

그리움은
여물고 익어서

당신을 위해

나는 당신을 위해 별을 보고 시를 쓰는
시인이고 싶습니다

나는 당신을 위해 나비처럼 춤을 추는
무희이고 싶습니다

나는 당신을 위해 꽃을 들고 노래하는
가인이고 싶습니다

나는 당신을 위해 행복도 그릴 줄 아는
화가이고 싶습니다

오직 당신을 위해 꿈을 꾸는
나는 바보 같은 사람이고 싶습니다

불꽃

내 삶이 빛났던 건
너로 인해 뜨거웠기 때문이니

너의 밤을 밝힌
나는 하얀 불꽃

재가 되어도
후회 없는 불꽃이었다

너를 위해
나를
기꺼이 태웠으니

그리움은 여물고 익어서

그대 그리워 심었던
사과나무에는
꽃이 피고 열매가 열렸다

사는 게 외로워 키웠던
금붕어 두 마리는
한 마리만 남아 혼자가 되었다

사과가 떨어질 즈음
그 옆에 귤나무를 심었다
어항에는 금붕어 몇 마리를
더 사다 넣었다

비워질 때쯤 채우고
채우면 다시 비워지고
만나서 이별하고 또 만나고
이런 것이 인생임을 알아 갈 때

그리움은 여물고 익어서
추억이 되었고
외로움은 마음 한구석 어딘가로
숨어 버렸다

지나고 보니
그리움도 외로움도
내 삶의 일부가 되어 흘러가더라

애써 끄집어내지 않아도
악착스레 감추려 들지 않아도
알아서 나오고 알아서 숨더라

그래서 인생이고
그래도 살만하기에 살아가더라

다방에 앉아

햇볕 좋은 날
아주 오랜만에 다방을 보았다
추억이 서린 정겨운 다방을

그 시절 우리는

깜장 커피 물에 계란 노른자 띄우고
쌉쌀한 맛을 즐기며
그것을 모닝커피라 불렀는데

엘피판에 켜켜이 쌓인 음악을
눈으로 먹고 귀로 마시며
낭만으로 청춘의 허기를 채웠는데

성냥개비로 탑을 올리고
백 원 동전으로 운세를 보며
시간의 밍근함을 그렇게 달랬는데

내 젊음의 하루
한번 가 볼 수 있다면
다시 만난 나에게
용돈이라도 두둑이 주고 올 텐데

오늘은
옛이야기 잔뜩 묻은 다방에 앉아
모닝커피 한 잔에 옛 노래 들으며

어릴 적 친구와 그 친구가 좋아한
미스 정은 잘 사는지
누구에게 물어나 볼까

봄비 닮은 어머니

연초록 가득 안고 비가 내리니
빗물 따라온 풋풋한 봄 내음
그 향기에 새가 울고
그 향기에 꽃이 핀다

비가 오는 봄날에는
어린 나를 바라보시던
눈빛 촉촉한 어머니의 얼굴이 떠오르고

홍매화 입술에
진달래꽃 볼을 지닌 어머니

봄비 같은 어머니 눈물로
이만큼 자라고
예쁜 꽃도 피웠는데
나로 인해 어머니는 행복하셨나

비가 오는 봄날에는
봄풀 향기 그윽한 우리 어머니
다만 그 품이 못내 그리웁다

몸뻬 바지

어머니는 늘 입고 계셨다
치마인 듯 바지인 듯
그다지 멋스럽지 못한

어머니는
항아리처럼 생긴 그 옷을
명절과 제사 때, 결혼식이 있는 날을
빼고는 항상 입으셨다

그 옷을 입고
쌀을 이고 다니며 파셨고
그 옷을 입고
소풍 전날 시장을 보셨다

그때는 그 옷이 싫었는데
멀리서 그 옷 입은 어머니가 서 있으면
다른 길로 돌아서 가기도 했는데

이제는 어쩌다 그 옷만 봐도 가슴이 아린다
우리 어머니 즐겨 입던 그 옷
그 옷 입고 아들 삼형제 이만큼 키웠으니

어머니가 한복보다 양장보다
더 아끼던 소중한 옷
지금 재래시장 한복판에 걸려 있다

또 다른 자식들을 키우려고
또 다른 어머니를 기다린다

바람의 길

바람은
어디로 부는가

바람이 가는 곳이 길이라
나는 바람을 따라서 가려오

모래밭에 불어 모래알을 세어도
바위산에 올라 바위를 갈아도
숲에서 넌지시 나뭇잎을 떨구어도
바람 따라 묵묵히 가려오

민들레 씨앗도 바람을 따라가
한 송이 꽃이 되었으니

석양

저녁이 오는 해변에 서 보면
먼 바다 위로 동그란 하루가 지고 있다

한 낮을 밝히고도 남은 뜨거움
서편 하늘에 노을로 뿌리고

금 비늘 일렁이는 물결에 앉아
수평선을 굽이굽이 넘어가는

그 이름 석양이라

누군가의 길

누군가는 걸어가야 할 길을
내가 먼저 걸어보았다

외롭고 쓸쓸할 것이라 생각했는데
걸을 만하였다

막막한 벌판이 아니라
알 수 없는 사막이 아니라
누군가 걸어가야 할 길이기에
두려움 없이 걸을 수 있었다

길 위에는
들꽃이 피고
나비가 날고
나의 그림자도 있으니

언젠가는 지금 이 길을
누군가 걸을 테지

나의 발자국아
너는 오래도록 남아서
혼자 길을 가는
누군가의 벗이 되어라

꽃잎이 되어

꽃그늘 사이로 바람이 불면
꽃 내음 일었다가
금세 꽃잎이 날린다

흙길에 떨어진 꽃잎 위로
옅은 발자국이라도 남으면
슬퍼지려나

떨어져도 꽃잎인데
어찌 밟을까
그래도 화려한 삶이었거늘

세찬 바람이
퍼붓던 빗방울이
언젠가 낯설지 않을 때가 되면

지워진 향기도

시든 꽃줄기도

너의 모습이었음을 알게 되니

꽃이여

슬퍼하지 마라 서러워도 마라

너도 나도 아름답게 살았으니

이제는 시름 놓고 멈추어

나도 너의 곁에서

바람에 춤추는 꽃잎이 되련다

걷다가 멈추면

뛰다가
걸어 보았다

활짝 핀 코스모스가
무지개와 닮았더라

가을이 왔음을 알았다

걷다가
멈추어 보았다

들국화 꽃잎에
향기가 배었더라

가을 속에 내가 있음을 또 알았다

계절이 바뀔 때

한 계절이 가고 다른 계절이 올 때
잠시나마 세상이 멈추면 좋겠습니다

어째서 그리도 급히 지나가나요
시간도 이 삶도

한 걸음 다가가면
두 걸음 달아납니다
붙잡아도 붙잡지 못하고
머물러도 머물지 못하고

계절이 바뀔 때
잠시나마 시간이 멈추면 좋겠습니다

아름다워서 아름다울 때
느끼며 숨 쉬며 그리 살고픕니다

가을밤에

꽃이 놀 듯 물든 단풍잎 틈새로
별빛이 비추어 오면
짙은 향 국화 꽃잎엔
저녁 이슬이 반짝이고

일렁이는 개울물 따라
달빛이 춤을 추면
졸린 듯 귀뚜라미 소리
그쳤다가 다시 운다

촘촘한 나무 사이로
산들바람이 비켜 불어도
낙엽은 길을 가려
잎새 여럿 흩날리니

가을, 이 밤에도 너는
우아함을 그려낸 너의 색깔로
어둠을 물들이나

가을, 이 밤에도 너는
나푼나푼 내게로 오라

여섯.

사랑아
사랑아

봄

개나리꽃을 닮은 아이 뒤를
노랑나비 두 마리
앞서거니 뒤서거니 따라갑니다

개나리 가지 끝에
노랑나비 날개 위에
꼬마둥이 두 눈 속에

봄이 주렁주렁 열렸습니다

봄맞이

산길을 걷다가
분홍을 보았네

한 다발 짊어지고 내려왔더니
초록이 옷자락 붙잡고 따라 왔구나

들녘에 놀던 하양도 검정도
자리를 비켜 주니

싹이 돋고 꽃이 피고
강아지 나비를 쫓는다

공평함

처마 밑 풍경은 바람을 기다리는데
앞산 미루나무에 잎사귀만 흔들리고

흙담 아래 작약은 아침부터 피었는데
온종일 햇볕은 까닭 없이 따사롭고

기별 없는 바람에 고요마저 쓸쓸해도
달달한 꽃향기는 뜰 안에 가득 차네

뜻대로 안 되는 것이 삶이라
불공평해 보이는 것 또한 삶이라
그래도 마음 다스려 지내보면

한나절 햇볕에 꽃은 다 져도
바람 든 안마당엔 풍경소리 은근하다

동화

바람이 꽃밭을 지나다가
가시에 걸려
온 동네 장미꽃 빛 물들고

구름은 바람보고 웃다가
노을에 빠져
하늘에 장미꽃을 피우고

소년은 소녀에게 마음 들켜
앳된 얼굴
빨갛게 장밋빛 분칠했네

들길의 풀꽃

봄물이 스미는 들길에서
느린 발걸음 디뎌
사방에 깔린 풀꽃을
이리저리 피해서 걷는 사람

옷자락에 쓸려 넘어진 작은 꽃잎
이름을 몰라 불러주지 못하고
애잔한 마음 흥건히
한 잎 한 잎 그 잎을 추스르면

다행히도 꽃잎은
미안한 마음 덜어주려
말그스레한 웃음 웃고 일어서네

길옆에 갓 피어난 패랭이꽃
저도 봐 달라며
강아지 맑은 눈빛으로 몸짓을 한다

연두색 바람은
따슨 숨결로 풀잎을 흔들고
물소리 깨어난 도랑엔
개나리꽃빛 햇살이 너울거리네

풀꽃 만발한 들길에
새봄은 지독히도 아름답구나

옥상 위 텃밭

옥상에 조그마한 텃밭을 만들어
상추 고추 채소를 심었어요

어서어서 자라라고
작은 울타리에 햇님을 가두어요

물도 주고 거름도 주고
아침에 보고 저녁에 또 보고

이 녀석들 자라면 먹을 수나 있을까요
정들어서
그게 벌써 걱정입니다

봄꽃이 피는 봄

초록 하늘이 햇발을 빚어
흰 눈이 떠나는 가지 위에 떨구면
겨우내 묵혀둔 아련한 마음도
파릇하게 새순 돋아 기지개를 켜고

숨 가빴던
차가운 시간들이 녹고 녹아
아지랑이로 태어나는 그날이 오면은

나뭇잎 푸름 아래 그늘이 자라고
꽃송이 붉은 잎 열려 향기가 고이고
아기 울음 울어대는 새소리가 들린다

봄이구나
봄꽃이 피는 봄이 왔구나
봄에는 흙냄새 묻어오는 바람부터 좋아라
봄에는 풀 한 포기, 꽃 한 송이 모두 다 좋아라

별 사냥

바람에게 말해
구름을 다 걷어 내었다
저녁에 별을 따려고

큰 나무에 올라가
몸을 가린 채
별을 기다렸는데

별이 먼저 알고
환한 보름달 뒤로
숨어 버린다

어떻게 알았을까
비밀인데

옳아,
바람이 알려 주었구나
하늘 위 같은 마을 동무여서

어쩌지,
동생한테 예쁜 밤별을
따 준다고 약속했는데

할 수 없지,
산꼭대기 올라가
떨어진 별이라도 주워야 겠네

다른 마음

빗소리 예쁜 날
우산 쓰고 걸으면
비가 즐겁다

놀이터에 비둘기 한 마리
비를 맞고 웅크려 앉았네

안쓰러워
우산을 씌워 주려는데
저만치 날아가 버린다

무서웠던 걸까
내 마음을 모르고

아니야, 어쩌면 비둘기도
비가 즐거웠을지 몰라

내가 몰랐던 거야
비둘기 그 마음을

가끔은
다른 마음이 되어 보는 거야
내 마음만 알아주길 바라지 말고

그랬다면
비둘기는 즐거움 속에
목욕을 마쳤을 텐데

여름 밤 바다 꿈

가족들은 모두 잠자리에 들었는데
어디선가 파도소리가 들려온다
갈매기가 요란하게 울어대고
물미역 짠 냄새가 코끝에서 맴돈다

잠을 못 자고 마루에 나가보니
며칠 전 바닷가에서 주워 온
까만 자갈돌이
원망스럽게 나를 흘겨본다

형이랑 놀다가 가져온 것은
동그란 자갈돌 하난데
엄마도 아빠도 모르게
해변의 풍경이 따라서 왔나 보다

미안한 마음에
자갈돌에게 사과하고
주말에 다시 가서
그대로 돌려놓겠다고 약속했다

오늘 밤은
밤바다 모래밭에서
쏟아지는 별을 주워 담느라
잠을 잘 수가 없다

아가야 고마워

아가야 고마워 나에게 와줘서

초롱초롱 반짝반짝
젖은 눈망울에 엄마 얼굴 담기면
아가는 금세 방글방글

네가 울 때
엄마는 웃음이 나고
네가 웃을 때
엄마는 눈물이 난다

방울토마토만 한
너의 손 맞잡을 때가 되면
우리는 함께 웃고 함께 울겠지

아가야 자꾸 웃지 마
엄마는 맨날 울보가 된단다

사랑아 사랑아

사랑아 사랑아
하늘을 날아와 어디에 앉을 거니

싱그러운 풀밭에 내려서
고운 빛깔 꽃을 피우고

나뭇가지에 둥지 틀어
예쁜 새 지저귀게 하고

흐르는 개울물에
둥실둥실 종이배 띄우고

사랑아 사랑아
먼 길 날아와 힘이 든다면

우리 집에 잠시 들러
행복이랑 놀다 가지 않을래?

시인의 말

수채화를 그리듯 시를 쓰다.

작년에 첫 시집을 내고 생활에 적잖은 변화가 있었다. 내 이름 뒤에 시인이라는 칭호가 붙었고, 제대로 된 시를 쓰기 위해 문학상에 응모를 했고, 시와 동시로 두 번의 신인문학상을 수상하기도 했다. 그리고 많은 독자들의 사랑으로 초판과 개정판 모두 베스트셀러에 오르는 영광까지 안았다. 참 아름다운 변화고, 인생의 색다른 행복을 느끼는 시간이었다.

릴케는 "시를 쓴다는 것은 우리의 심장 가장 깊은 심실에서 새로운 것을 끄집어내는 것"이라고 말했다. 익숙한 단어들과 문장을 넘어 새로운 시어와 표현을 찾아내는 과정이 재미도 있지만, 시는 쓰면 쓸수록 어려운 것 같다.

첫 시집에서는 이별과 슬픔, 그리움과 추억이 많이 담겼다. 아마도 그때의 내 마음에 그러한 정서가 깊었던 모양이다. 두 번째 시집에서는 사랑과 행복을 담으려고 애썼다. 시인이 되고 난 이후의 내 일상이 실제로

그랬기에. 그런데도 이별과 그리움이 또 들어가고 말았다. 사랑과 행복의 가치를 더 높여 주는 것이어서 일까, 쓰다 보니 자연스럽게 그렇게 되었다.

부족한 시지만 늘 읽고 사랑해 주시는 분들께 마음 깊이 감사드린다. 시인으로 하여금 끊임없이 시를 쓸 수 있게 하는 힘은 독자들의 애독일 것이다. 시를 읽는 분들을 위해 보다 감동을 줄 수 있는 시를 써야지 하는 약간의 부담감은 오히려 창작 활동에 도움을 준다. 더 열심히 읽고, 더 열심히 생각하고, 더 열심히 쓰면서 나는 또 행복해진다. 시를 읽으며 공감해 줄 여러분이 있기에 그렇다. 오늘도 나는 수채화를 그리듯 시를 쓴다.

시를 쓰는 사람은 꿈을 그리고
시를 읽는 사람은 꿈을 색칠합니다.

강원석

수채화를 그리듯 시를 쓰다

시를 쓰는 사람은 꿈을 그리고
시를 읽는 사람은 꿈을 색칠합니다